AF346351

TABLEAUX

MODERNES

VENTE HOTEL DROUOT, SALLE N° 8

(Le Lundi 27 Mars 1882)

A DEUX HEURES ET DEMIE

EXPOSITIONS

PARTICULIÈRE	PUBLIQUE
Le Samedi 25 Mars 1882	Le Dimanche 26 Mars 1882

DE UNE HEURE A CINQ HEURES

Mᵉ Paul CHEVALLIER	M. HARO
COMMISSAIRE-PRISEUR	PEINTRE-EXPERT
SUCCESSEUR DE Mᵉ CHARLES PILLET	rue Visconti, 14
rue Grange-Batelière, 10	et rue Bonaparte, 20

1882

CATALOGUE

DE

TABLEAUX

MODERNES

PAR

DIAZ, DECAMPS, COROT, COUTURE
DAUBIGNY, FROMENTIN, SAINT-JEAN, COURBET, RICARD
ISABEY, JONGKIND
PETTENKOFFEN. ZIEM, WILLEMS, ETC., ETC.

DONT LA VENTE AURA LIEU

HOTEL DROUOT, SALLE N° 8

Le Lundi 27 Mars 1882

A DEUX HEURES ET DEMIE

EXPOSITIONS

PARTICULIÈRE	PUBLIQUE
Le Samedi 25 Mars 1882	Le Dimanche 26 Mars 1882

DE UNE HEURE A CINQ HEURES

Mᵉ Paul CHEVALLIER	M. HARO
COMMISSAIRE-PRISEUR	PEINTRE-EXPERT
SUCCESSEUR DE Mᵉ CHARLES PILLET	rue Visconti, 11
rue Grange-Batelière, 10	et rue Bonaparte, 20

1882

CE CATALOGUE SE DISTRIBUE

A PARIS, CHEZ

Mᵉ Paul CHEVALLIER
COMMISSAIRE-PRISEUR
SUCCESSEUR DE Mᵉ CHARLES PILLET
rue Grange-Batelière, 10

M. HARO ✠
PEINTRE-EXPERT
rue Visconti, 14
et rue Bonaparte, 20

CONDITIONS DE LA VENTE

Elle sera faite au comptant.

Les acquéreurs payeront *cinq pour cent* en plus du prix d'adjudication.

TABLEAUX

MODERNES

DÉSIGNATION

TABLEAUX

BONNAT.

1. — Femme italienne et son enfant.
   Signé à gauche.

   T. — H., 0ᵐ,72. L., 0ᵐ,57.

CHARLEMONT.

2. — Coffret, aiguière, bracelets et orfèvrerie algé-
   rienne.
   Signé à droite.

   B. — H., 0ᵐ,32. L., 0ᵐ,47.

COROT.

3. — Le Pêcheur : Effet du matin.
   Signé à gauche.

   T. — H., 0ᵐ,38. L., 0ᵐ,47.

COROT.

4. — Le Chemin de la Forêt.

T. — H., 0ᵐ,37. L., 0ᵐ,28.

COURBET.

5. — Bords de la mer : Temps calme.

T. — H., 0ᵐ,95. L., 1ᵐ,35.

COUTURE.

6. — L'Oiseleur.

Signé à gauche.

T. — H., 0ᵐ,40. L., 0ᵐ,59.

DAUBIGNY.

7. — Auvers : Bords de l'Oise.

Signé à gauche.

B. — H., 0ᵐ,20. L., 0ᵐ,35.

DAUBIGNY.

8. — Le Départ pour la Pêche : Mer calme (Manche).

Signé à droite.

B. — H., 0m,19. L., 0m,40.

DECAMPS.

9. — Le Rat retiré du monde.

Signé à droite.

B. — H., 0m,20. L., 0m,25.

DIAZ.

10. — L'Éducation de l'Amour.

Signé à gauche.

B. — H., 0m,38. L., 0m,25.

DIAZ.

11. — Le Décaméron.

Signé à gauche.

T. — H., 0m,29. L., 0m,40.

DIAZ.

12. — La mare : Forêt de Fontainebleau.

Signé à gauche.

B. — H., 0^m,16. L., 0^m,21.

DIAZ.

13. — Enfants turcs en promenade.

(Vente Diaz.)

T. — H., 0^m,12. L., 0^m,32.

DIAZ.

14. — Roches : Intérieur de la Forêt de Fontainebleau.

B. — H., 0^m,51. L., 0^m,70.

DUPRÉ (JULES).

15. — Barque de Pêcheurs : Marée montante.

Signé à gauche.

T. — H., 0^m,57. L., 0^m,75.

FRERE (ÉDOUARD).

16. — Le Déjeuner.

T. — H., 0m,32. L., 0m, 25.

FROMENTIN (EUG.).

17. — La Prière.

Signé à droite.

B. — H., 0m,24. L., 1m,35.

FROMENTIN (EUG.).

18. — Arabes : Étude.

B. — H., 0m,24. L. 0m,35.

ISABEY.

19. — Après la Tempête : Marine.

Signé à droite.

T. — H., 0m,65. L., 0m,90.

JACQUET.

20. — Tête de jeune Fille.

Signé à gauche.

T. — H., 0^m,40. L... 0^m,33.

JONGKIND.

21. — Les Moulins de Rotterdam : Effet de lune.

Signé et daté 1870.

T. — H., 0^m,34. L., 0^m,46.

JONGKIND.

22. — Entrée de Rotterdam.

Signé et daté.

T. — H., 0^m,42. L., 0^m,56.

PETENKOFFEN.

23. — Campement de Bohémiens valaques.

Signé à gauche.

B. — H., 0^m,36. L., 0^m,51.

RICARD.

24. — Un Coin de Cuisine.

B. — H., 0^m,38. L., 0^m,45.

ROBERT-MOLS.

25. — Route de Blanckenberg.

Signé à gauche.

B. — H., 0^m,25. L., 0^m,35.

ROYBET.

26. — La Leçon de musique.

T. — H., 0^m,53. L., 0^m,45.

SAINT-JEAN.

27. — Fleurs : Offrande à Marie.

Sur un tertre, où la figure de la Vierge est dessinée, on
lit : « A Marie, le 2 mai 1833. »
Signé à gauche et daté 1834.

T. — H., 0^m,73. L., 0^m,95.

WILLEMS (F.).

28. — Le Printemps.

Signé à gauche.

B. — H., 0^m,56. L., 0^m,27.

ZIEM.

**29. — Venise : Vue prise du quai des Esclavons.
Soleil couchant.**

B. — H., 0^m,39. L., 0^m,62.

ZIEM.

30. — Port de mer.

Signé à droite.

B. — H., 0^m,26. L., 0^m,23

ZIEM.

31. — Vue prise aux environs de Smyrne.

Signé à gauche.

T. — H., 0^m,32. L , 0^m,27.

PARIS. — IMPRIMERIE EMILE MARTINET, RUE MIGNON, 2